Contes de toutes les couleurs
Le Petit Nab
Dessins de Grasset
Texte de Saint Juirs

LE PETIT NAB

PARIS — IMPRIMERIE A. LAHURE
9, rue de Fleurus, 9

Grav. Imp. par Gillot.

CONTES DE TOUTES LES COULEURS

LE PETIT NAB

PAR

SAINT-JUIRS

DESSINS DE GRASSET

LIBRAIRIE D'ART
LUDOVIC BASCHET, ÉDITEUR
125, BOULEVARD SAINT-GERMAIN, 125

M DCCC LXXXII

CONTE

Le chevalier Pécopin galope depuis huit jours sur son grand cheval blanc. Il passe les fleuves à la nage; il escalade les montagnes; il franchit les vallées sans s'arrêter.

Le premier jour de cette course folle, son gros intendant, essoufflé, a dit : « Ouf! » et il s'est arrêté dans une bonne auberge.

Le lendemain, ses hommes d'armes ont dit : « Nous n'en pouvons plus; » et ils se sont couchés sur la mousse, dans un bois très frais.

Son trésorier l'a quitté un peu après.

Seul, son petit page favori l'a accompagné jusqu'au septième jour; mais tout à coup, devant la porte d'un château, il a pâli; il a fait « ah! » et il est tombé.

La châtelaine l'a recueilli.

Le chevalier Pécopin va toujours. Il a vingt ans et il aime la belle Aude, la fille du comte de la Neuville-en-Hez. On a promis de la lui donner en mariage dès que le comte serait revenu de Palestine, où il a été occire les infidèles. En attendant, Pécopin a parcouru le monde et s'est couvert de gloire. Il a tué des géants, il a combattu des monstres, il a délivré des belles dames et fait tout ce qui concerne son métier de bon et loyal chevalier.

Comme il venait d'accomplir tous ces exploits, il a appris que le seigneur comte était de retour en son vieux château. Aussitôt il s'est mis en marche vers la Picardie, où, comme chacun sait, se trouve La Neuville.

Il a tant couru que le voilà bien près de son but.

La forêt de Hez ouvre devant lui des allées si touffues que l'ombre des chênes séculaires y paraît bleue. Les rares rayons du soleil, qui traversent le feuillage serré, dessinent sur le sol des petits ronds pareils à des écus d'or battant neuf. C'est comme un trésor répandu sur les mousses d'émeraude.

Le chevalier enfonce ses éperons dans le ventre de son cheval. Il ne se sent pas de joie en pensant qu'il est si près de sa blonde fiancée. Il se dit : « Pour rien au monde, je ne m'arrêterais maintenant. »

Comme il pensait cela, il aperçut, à quelque distance de lui, en avant, le dos d'une petite vieille, toute ratatinée, toute ployée par l'âge, qui portait avec grand'peine, en geignant à chacun de ses petits pas, un gros, gros sac sur ses épaules. Et cette charge était si lourde, si écrasante, que la pauvre femme se courbait jusqu'à terre pour la supporter.

Au bruit que fit le cheval, la vieille se rangea sur le bord de l'allée, et quand le beau Pécopin passa près d'elle, elle lui jeta un regard de prière désespéré.

Pécopin ne se serait pas arrêté, quand même cent géants eussent essayé de lui barrer le chemin. Mais il était bon et amoureux, c'est-à-dire deux fois bon. Il eut pitié de cette vieillesse épuisée, qui peinait si rudement. Il retint son cheval, qui, pour la première fois depuis huit jours, put souffler à son aise.

« Bonne femme, dit-il, comment vos enfants vous laissent-ils porter un si rude fardeau?

— Beau chevalier, répondit-elle, je suis trop vieille pour

avoir encore des enfants. Mon cadet est mort l'an dernier, le jour de ses quatre-vingts ans.

— Quel âge avez-vous donc, bonne femme?

— J'ai cent dix ans. »

Le chevalier se sentit ému d'une grande pitié.

« Où allez-vous? reprit-il.

— Jusqu'à la cabane qui est à l'entrée du bourg de La Neuville.

— Mais vous ne pourrez jamais arriver jusque-là, chargée comme vous l'êtes?

— Je le crains bien. Et si je tombe, je ne me relèverai plus. Les loups me mangeront.

— Bonne femme, je vais vous conduire. »

Pécopin descendit de cheval, prit le lourd fardeau de la vieille et le mit en travers sur la selle, à sa place, puis :

« Appuyez-vous sur mon bras et marchons. »

Ils marchèrent quelque temps ainsi; mais les jambes de cent dix ans ne vont pas si vite que les jambes de vingt ans. Malgré son désir de se hâter, la pauvre centenaire ne pouvait faire que des pas tout petits; encore ses jambes tremblaient-elles et trébuchaient-elles à chaque instant.

Pécopin s'impatientait cruellement. A ce train-là, il faudrait plus d'un jour pour traverser la forêt. Un jour de retard pour un amoureux c'est un siècle.

Il lui vint une idée.

« Nous allons nous organiser autrement, dit-il à sa compagne. Je vais prendre votre fardeau sur mes épaules. Vous monterez sur mon cheval; je crois que nous irons plus vite ainsi. »

Ce qui fut dit fut fait.

La vieille s'assit sur le beau cheval blanc; Pécopin, ayant jeté le sac sur son dos, prit l'animal par la bride et se mit à courir. Il courut un peu; mais le sac était vraiment trop lourd; bientôt il dut se contenter d'un pas allongé, puis d'un pas plus petit encore.

Chose singulière, plus il avançait dans la forêt, plus le sac semblait prendre de poids.

Quand on atteignit l'autre extrémité des futaies, le chevalier était littéralement exténué. Il lui semblait qu'il portait le monde sur ses épaules, ni plus ni moins qu'Atlas.

A ce moment, avec une vivacité étonnante pour son âge, la centenaire sauta à bas du cheval.

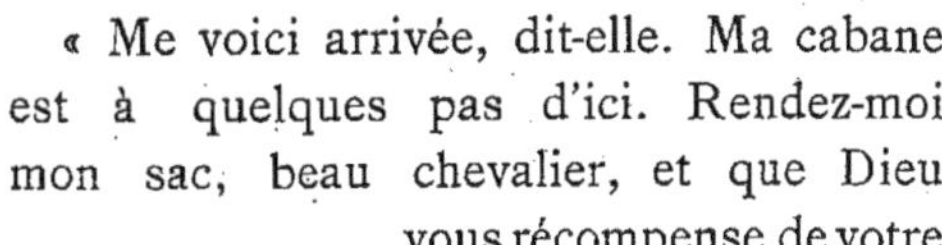

« Me voici arrivée, dit-elle. Ma cabane est à quelques pas d'ici. Rendez-moi mon sac, beau chevalier, et que Dieu vous récompense de votre charité. »

Pécopin ne se le fit pas dire deux fois. Il déposa sur le sol la charge fabuleuse qui lui meurtrissait l'épaule et respira.

« Avant de vous quitter, reprit la vieille, laissez-moi vous offrir un souvenir. »

Le chevalier voulut s'y opposer. Sans l'écouter, la vieille ouvrit son gros sac et de sa voix fêlée :

« Nab, dit-elle, petit Nab.! »

A cet appel, un joli petit chat noir bondit hors du sac, et comme s'il eût compris les intentions de sa maîtresse, d'un bond il s'élança sur l'épaule de Pécopin. Celui-ci n'avait pas encore eu le temps de s'étonner que déjà Nab, prenant les attitudes les plus gracieuses, déroulant sa longue queue comme un panache, s'était frotté et refrotté contre le cou de son nouveau maître, en lui faisant mille gentillesses de chat.

Le chevalier n'était pas très satisfait. Au lieu d'arriver à la cour de son futur beau-père avec une suite digne de lui, il allait donc avoir à se présenter avec un chat pour tout cortège.

« Qu'est-ce qu'elle veut que je fasse de ce chat? » pensait-il.

Mais la bonne vieille insista tant et tant, et Nab était si gentil, qu'il finit par consentir à l'emmener.

« Ne vous séparez jamais de lui, lui dit la centenaire en signe d'adieu; et vous n'aurez pas à vous en plaindre. Il ne vous donnera que de bons conseils. »

Le chevalier se mit à rire à l'idée qu'un chat pourrait lui

donner des conseils; mais, comme il était très pressé, il remonta à cheval et piqua des deux, sans demander d'autre explication. Assis sur le devant de la selle, Nab regardait son maître avec des yeux tendres et profonds.

« On dirait que tu m'aimes déjà, petit Nab? » demanda le chevalier.

Nab ne répondit pas, parce qu'il ne savait pas

le français; mais il se leva sur ses pattes de derrière et vint frotter sa jolie petite tête et son petit museau rose contre le menton du chevalier.

Pécopin fut enchanté de l'intelligence de cette gentille bête.

Mais, déjà, sur la côte voisine, dominant toute la plaine, apparaissaient les grosses tours du château de La Neuville. Le cœur de Pécopin battait à se rompre dans sa poitrine, à l'idée que la belle Aude était derrière ces hautes murailles, et que, dans quelques instants, il allait enfin la revoir.

Bientôt, en effet, le chevalier se trouva devant la grande poterne.

Le pont-levis était baissé, la herse était levée. On était en paix avec les voisins; aucun garde ne veillait à la porte.

Pécopin pénétra, toujours au galop, jusque dans la cour d'honneur. Arrivé là, il mit pied à terre, laissa son cheval trouver l'écurie, et se mit à courir vers les appartements de sa bien-aimée.

Mais il avait compté sans Nab.

Petit Nab ne voulait pas que son maître allât d'abord de ce côté.

Il se mit en travers à plusieurs reprises, lui barrant le passage, s'exposant à être foulé aux pieds, manifestant si ouvertement sa volonté de l'arrêter à tout prix, que Pécopin fut forcé de comprendre ce qu'il désirait.

Le chevalier aurait volontiers envoyé son chat à tous les diables; mais il se rappela heureusement les dernières paroles de la bonne vieille : « Nab ne vous donnera que de bons conseils. »

Peut-être était-ce un bon conseil que Nab lui donnait en ce moment.

Peut-être la belle Aude n'était-elle pas là où Pécopin allait la chercher.

Peut-être était-elle en danger!

Cette dernière pensée, qui lui donna un frisson, l'engagea à suivre aveuglément les indications de Nab.

« Où faut-il que j'aille, Nab? » dit-il à haute voix.

Nab parut très joyeux en entendant cette question. Il fit le gros dos, ronronna gaiement et prit sa course vers le parc, se retournant de temps en temps pour voir s'il était suivi.

« Allons, » dit le chevalier, qui se mit à marcher dans la même direction.

Au milieu du parc, sur une éminence, s'élevait une vieille tour qui ne servait plus, et où personne n'osait plus aller depuis longtemps, parce qu'elle était trop noire et qu'on en avait peur. Les gens du pays racontaient des choses effrayantes sur cette ruine abandonnée, qu'ils avaient surnommée la Tour du Diable.

Pécopin connaissait cet endroit et sa vilaine réputation. Il devina que si Nab l'entraînait de ce côté, c'est qu'il devait y avoir quelque chose de grave. Aussi, en approchant de la tour, eut-il soin de mettre l'épée à la main et de s'avancer avec précaution pour ne pas faire de bruit.

Nab pénétra dans la tour par une brèche, et se glissant dans l'ombre, alla jusqu'à la porte d'une petite chambre contre laquelle il se frotta le dos.

Le chevalier l'avait suivi ; mais l'obscurité était telle dans la tour qu'il ne savait plus de quel côté se diriger quand, heureusement, il aperçut, luisant dans la nuit comme deux étoiles, les prunelles d'or du petit chat. Alors il s'approcha à son tour, tâta la porte massive avec ses mains, et quand il eut trouvé la serrure, il se baissa pour regarder par le trou.

Ce qu'il vit et ce qu'il entendit faillit le faire tomber à la renverse, tant il en fut surpris et terrifié.

Dans la petite chambre de la Tour du Diable, le comte de La Neuville, l'héroïque croisé, était assis, comme accablé, dans un grand fauteuil.

Debout devant lui, et enveloppé dans un nuage de feu, un vilain Sarrasin, grand comme un géant, noir comme la fumée, avec une barbe épouvantable, tenait à la main une baguette magique et dictait au seigneur comte les plus cruelles conditions.

« Seigneur comte, lui disait-il, je viens te rappeler ton serment. Après avoir

accompli mille exploits en Palestine, la fortune t'a trahi un jour. Blessé par les Infidèles, laissé pour mort sur le champ de bataille, tu es tombé entre les mains de Saladin, mon allié et mon ami. Tu t'en souviens, n'est-ce pas?

— Oui, dit le comte.

— Saladin, reprit l'enchanteur, voulait te faire trancher la tête pour l'accrocher à la porte de son palais. Tu ne l'as pas oublié non plus?

— Non.

— Tu étais en train de faire ta dernière prière; le bourreau aiguisait déjà

son cimeterre de Damas : Tout en parlant à Dieu, tu ne pensais qu'à ta fille, à ta belle Aude, restée seule en ton château picard. Tu disais : « Je donnerais tout, je donnerais cent années de paradis, pour pouvoir embrasser encore une fois la chère enfant qui va devenir orpheline. » Est-ce bien cela que tu disais, seigneur comte?

— Oui.

— Alors je suis entré dans ta prison. Mes charmes et mes sortilèges m'avaient fait deviner ta pensée et je t'ai dit : « Veux-tu la vie? veux-tu la liberté? veux-tu retourner en

France et vivre près de ta fille? Si tu le veux réellement, je puis exaucer ta prière; mais c'est à la condition que le jour où j'irai te trouver au château de La Neuville et te rappeler le serment que tu vas me faire, tu m'accorderas ce que je te demanderai. »

— Tout cela est vrai, dit le comte, et j'ai juré par le tombeau de notre très saint et très vénéré Seigneur Jésus, de t'accorder ce que tu me demanderais. Parle donc. Que veux-tu?

— Je veux ta fille!

— Ma fille! s'écria le comte avec un accent de rage et de désespoir intraduisible. Ma fille à toi!

— Je veux que ta fille soit ma femme, reprit le magicien sans s'émouvoir. Mes enchantements m'ont révélé qu'elle était la plus jolie, la plus chaste, la plus adorable des femmes. C'est elle que j'ai choisie. Livre-la moi, puisque ton serment t'y oblige.

— Plutôt la mort! répondit le père désolé. Reprends plutôt cette vie que tu m'as rendue, tue-moi; mais épargne cette enfant qui ne saurait être heureuse avec un monstre tel que toi.

— Ce que tu me dis là n'est pas flatteur, reprit le Sarrazin en souriant; mais je ne puis vraiment pas me fâcher pour si peu avec celui qui va devenir mon beau-père. Et pour te prouver que je ne suis pas si méchant, je vais encore te faire une concession. Je te donne un an pour réfléchir. Dans un an et un jour, je reviendrai ici même te rappeler ta promesse, une dernière fois. Gare à toi alors et gare à elle, si tu ne t'exécutes pas, car ma vengeance sera terrible. En attendant, comme je ne veux pas que tu donnes ta fille à un autre, je vais l'endormir d'un sommeil magique qui durera douze mois sans discontinuer. »

Sur ces mots, le vilain enchanteur s'apprêtait à lever sa baguette dans la direction du château. Mais, à ce moment, la porte céda sous une vigoureuse poussée d'épaules de Pécopin, et celui-ci, l'épée à la main, apparut sur le seuil.

« Toucher à la belle Aude! s'écria le chevalier; maudit sorcier, tu ne feras pas cela. »

Et, tout en parlant, il s'élançait l'épée nue contre le Sarrasin.

Mais, ô malheur, l'épée se brisa comme verre contre le cercle enchanté dans lequel le magicien s'était enveloppé.

Riant d'un rire satanique, le sorcier noir leva alors

tranquillement sa baguette vers le château, et d'une voix impérieuse.

« Aude, ma belle Aude, endors-toi, dit-il. » Puis, se retournant vers le comte :

« Dans un an et un jour! n'oublie pas. »

Et il disparut dans les airs, laissant derrière lui une épouvantable odeur de soufre.

Le comte et le chevalier restèrent quelque temps encore muets et immobiles, atterrés, désespérés de ce qu'ils venaient de voir et d'entendre.

Pécopin revint à lui le premier. Il se leva, ramassa la poignée de son épée, dont la lame était brisée, la regarda et sentit que ses yeux se mouillaient. Mais il ne se laissa pas attendrir davantage.

Ne fallait-il pas, avant toute chose, s'assurer du sort de sa blonde fiancée?

Entraînant le comte, il sortit de la Tour du Diable et se dirigea en toute hâte vers les appartements de la belle Aude. Nab les suivait avec l'air triste et la moustache basse d'un chat qui comprend la situation.

Hélas! le sorcier noir avait dit vrai.

Au moment où l'affreux Sarrasin proférait ses menaces dans la tour, la belle Aude se promenait avec une de ses femmes dans les prés avoisinant le château.

Elle cueillait des marguerites et les effeuillait.

Tout le monde sait que les marguerites sont fées, et qu'elles répondent sincèrement à ceux qui les interrogent.

Aude, pensant à Pécopin, demandait aux petites fleurs :

« M'aime-t-il? »

Et les marguerites au cœur d'or répondaient toutes :

« Pécopin t'aime passionnément. »

La jeune fille était bien heureuse d'entendre cette vérité sortir des blancs pétales des marguerites, pourtant elle ne pouvait se défendre d'une tristesse inexplicable.

« Pécopin, murmurait-elle, mon beau Pécopin, pourquoi n'es-tu pas près de moi? »

La pauvre enfant achevait à peine ces paroles, lorsque l'en-

chantement du sorcier noir produisit tout à coup son effet diabolique sur elle.

« Ah! que j'ai envie de dormir, » dit-elle.

Elle étendit les bras, étouffa un petit bâillement qui fit luire un moment ses dents blanches comme des perles; puis,... plus rien.

Elle dormait. Elle dormait tout debout.

La suivante fut bien effrayée en voyant sa maîtresse dans cet état.

« Demoiselle, » fit-elle d'une voix suppliante.

Aude ne répondit pas.

Alors, la suivante comprit qu'il se passait quelque chose de surnaturel. Elle prit le bras de sa maîtresse et l'appuya sur le sien, puis elle essaya de la faire marcher.

La belle Aude marcha. Elle marcha comme une somnambule, ce qui permit de la reconduire jusque chez elle.

Quand les deux hommes pénétrèrent dans la chambre de la jeune fille, ils l'aperçurent étendue sur un lit de parade, encore couverte de ses riches vêtements de toile d'argent ornée de perles.

Elle avait gracieusement replié son bras blanc sous sa tête virginale.

Elle était adorable ainsi, plongée dans ce sommeil d'un an.

Pécopin s'agenouilla près de sa mie. Il lui prit la main et la baisa dévotement.

Fut-ce une illusion, mais il lui sembla que les lèvres de la belle endormie s'agitaient pour murmurer le nom de Pécopin.

Sans doute le magicien n'avait pas pensé à la priver du pouvoir de rêver, et sa pensée flottante allait au-devant du bien aimé.

Alors le comte tenta de réveiller sa fille.

Il mit en usage tous les moyens.

Les chantres de sa chapelle, appelés par ses soins, entonnèrent un *Te Deum* formidable au chevet de la belle Aude.

Ils firent si bien que les vitres de la fenêtre éclatèrent dans leurs châssis de plomb; mais celle qui dormait ne se réveilla pas.

On alla décrocher le gros bourdon de la cathédrale voisine, celui qui ne sonne qu'aux grandes fêtes et qui fait « boum! boum! » si terriblement.

Hélas! ce fut en vain que l'on carillonna aux oreilles de la belle Aude.

Les sonneurs en devinrent sourds, mais celle qui dormait ne se réveilla pas.

Alors Pécopin fut pris d'une grande colère.

« Maudit sorcier! s'écria-t-il, je te retrouverai, dussé-je te cher-

cher jusqu'au bout du monde, et je jure Dieu que je te tuerai. »

Cela dit, il alla de nouveau baiser la main de sa fiancée, et, après l'avoir contemplée une dernière fois, il prit congé du comte et descendit

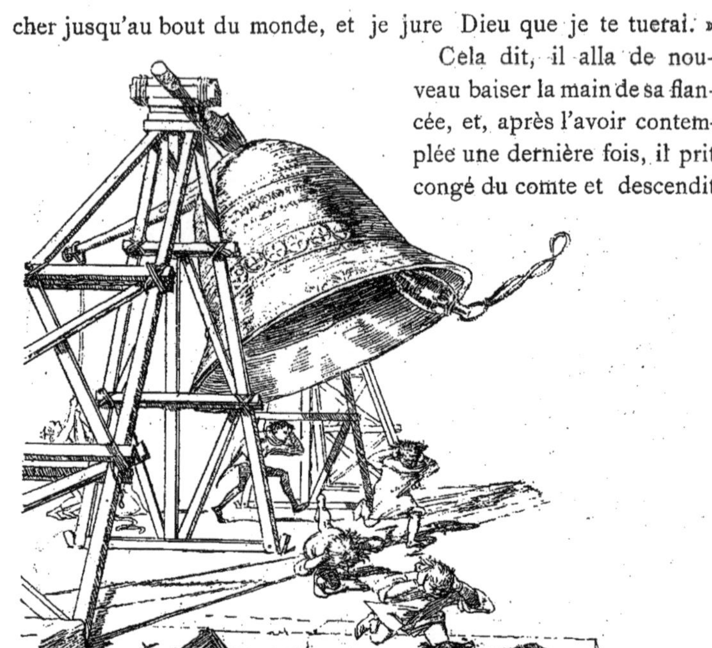

dans la cour du château.

Quelques instants après, Pécopin, monté sur son beau cheval blanc, et escorté de son chat noir, sortait de la Neuville-en-Hez. Il était très embarrassé, le bon chevalier, ne sachant s'il devait aller d'abord au midi ou au nord, à l'est ou à l'ouest. Tout à coup, une inspiration lui vint :

« Nab, petit Nab, dit-il, puisque tu es de si bon conseil, indique-moi le chemin que je dois prendre. »

Nab obéit aussitôt.

Passant devant le cheval comme un bon guide, il entraîna son maître vers la route que celui-ci avait prise pour venir au château.

Arrivé à l'endroit du chemin où la vieille femme les avait quittés précédemment, Nab quitta la voie frayée et courut vers une mauvaise petite cabane en branches sèches pas plus haute qu'une grosse fourmilière, et qu'on apercevait sur la lisière de la forêt.

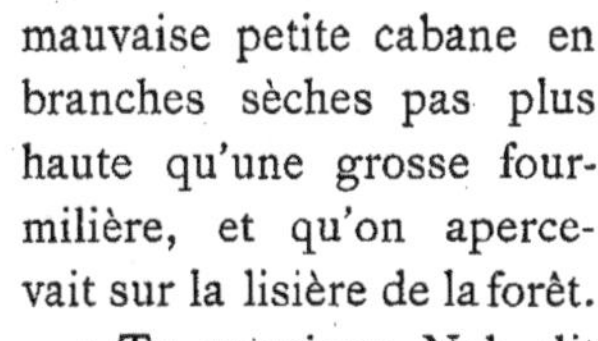

« Tu as raison, Nab, dit le chevalier. Il ne faut pas oublier ses amis, quels qu'ils soient. Va embrasser ton ancienne maîtresse; moi, je vais la remercie du cadeau précieux qu'elle m'a fait en te donnant à moi. »

Avertie par le petit chat noir, la bonne vieille sortit de sa petite hutte, et fit quelques pas au-devant de Pécopin.

« Eh! mon beau chevalier, lui dit-elle, vous voilà déjà en chemin! où allez-vous ainsi?

— Je n'en sais rien encore, bonne femme. Je vais chercher un méchant enchanteur qui veut me voler ma fiancée, et qui, pour commencer, vient de l'endormir d'un sommeil de douze mois. Il faut que je le trouve et que je le tue!

— Ah! ah! reprit la vieille. Êtes-vous bien armé, au moins, mon chevalier? »

Pécopin se rappela alors qu'il n'avait plus qu'un tronçon d'épée depuis sa rencontre avec son mortel ennemi.

« Voilà tout ce qui me reste, dit-il en le montrant à la vieille; mais je vais aller à Tolède, où se trouvent les meilleurs armuriers du monde. »

La vieille secoua la tête.

« Ah! fit-elle, les lames de Tolède ne sont pas de force à résister aux enchantements. Ce qu'il vous faudrait, c'est l'épée magique.

— L'épée magique? où se trouve-t-elle?

— Mon arrière-grand'mère le savait, reprit la vieille. Quand j'étais toute petite fille et qu'elle me faisait sauter sur ses genoux, elle m'en a parlé bien souvent. Seulement il y a si longtemps de cela, si longtemps, que je ne me rappelle plus en quel pays se trouve ce précieux trésor. Je sais seulement qu'il est caché au fond d'un château que défendent des monstres invraisemblables et des chevaliers qui n'ont jamais été vaincus. Pour arriver jusqu'à lui, il faut traverser des pays affreux, des landes pleines de vipères, des forêts pleines de tigres.

— Bah! dit Pécopin; cela ne me fait pas peur et je vais immédiatement me mettre en quête de ce château. Une épée magique! voilà ce qu'il me faut, car j'ai bien vu que les épées ordinaires ne pouvaient rien contre l'enchanteur. Merci, bonne femme, pour votre indication et merci pour le gentil petit compagnon que vous m'avez donné, et qui m'a déjà rendu un grand service.

— Mais, beau chevalier, fit la vieille, en attendant vous n'avez pas d'épée. Comment ferez-vous pour combattre les défenseurs du château, si vous les rencontrez?

— Je déracinerai un chêne et j'en ferai une massue, dit Pécopin.

— Écoutez, reprit la vieille. En cherchant du bois mort, j'ai trouvé dans la forêt une antique rouillarde. Prenez-la toujours en attendant.

— Ce n'est pas de refus, » dit Pécopin.

La vieille alla chercher l'arme dont elle venait de parler.

C'était une gigantesque épée dont la garde était merveilleusement ciselée.

Pécopin la prit et l'examina.

La lame était de fin acier et solidement trempée.

« Voilà qui va bien! s'écria-t-il. Maintenant, bonne femme, je

vous quitte, car je ne dois pas m'arrêter longtemps. Merci donc, encore une fois, et adieu! »

Le chevalier s'enfonça dans la forêt.

Toujours conduit par Nab, il fit des étapes incroyables, se nourrissant de mûres cueillies sur les buissons, de châtaignes tombées des arbres, buvant de l'eau et dormant peu.

Le petit chat noir faisait de meilleurs repas que son maître. Quand il avait faim, il grimpait sur un arbre, cherchait des nids et sifflait des œufs en se léchant les babines.

Pendant huit mois Pécopin mena cette rude vie. Chaque

matin quand il s'éveillait, le chevalier caressait Nab et lui disait :

« Nab, petit Nab, indique-moi la route qu'il faut suivre. »

Nab s'empressait d'obéir ; puis, quand son maître était dans le bon chemin, il sautait d'un bond sur le devant de la selle. Le petit chat noir n'aimait pas à aller à pattes.

II

Le dernier jour du huitième mois, Pécopin entra dans le pays des Maugrabins d'Afrique, vilain pays brûlé par le soleil et habité par des sorciers.

Mais le bon chevalier ne se plaignit pas.

Du premier pas que son cheval blanc fit sur le sol maugrabin, il écrasa une vipère ; du second pas, deux vipères ; du troisième pas trois vipères, et du quatrième pas il planta droit ses quatre fers d'argent sur quatre horribles vipères qui se tordirent affreusement.

« Enfin ! s'écria Pécopin, au comble de la joie. Puisque me voici dans la lande des vipères, je ne suis pas loin du château. Bientôt l'épée magique sera en mon pouvoir. Bientôt j'aurai en main l'arme qui me permettra de délivrer ma mie. »

En attendant, comme les vipères se multipliaient, il tira son épée et les coupa par douzaines.

Au bout de la lande se trouvait un bois si épais, si épais que le soleil n'y pénétrait jamais, et qu'il y faisait noir comme dans un four.

Pécopin s'y engagea résolument, malgré les rugissements effroyables qui sortaient des profondeurs de l'ombre, malgré les défenses de son cheval dont le poil se hérissait de peur, malgré les inquiétudes de Nab qui se blottissait en tremblant contre son maître.

Oh! la sinistre forêt!

Jamais Pécopin n'avait pensé qu'il pût exister au monde des horreurs pareilles. A peine eut-il fait dix pas sous les arbres qu'il sentit sur sa chair le froid d'une griffe de tigre.

A tout hasard, il donna un coup de pointe. Il sentit que son épée pénétrait dans un corps.

Il entendit un râle. Le fauve était mort.

Après celui-là il en vint un autre, puis un autre encore.

A chaque pas, c'était un nouveau combat à livrer contre des êtres terribles, dont le bon chevalier ne distinguait, dans la nuit, que les prunelles fulgurantes.

Enfin, après toutes ces luttes, Pécopin arriva dans une vaste clairière, au milieu de laquelle se trouvait un château, dont les murs étaient si hauts qu'ils semblaient toucher le ciel. Un grand fossé plein d'eau en défendait l'approche.

Le bon chevalier en fit trois fois le tour sans pouvoir découvrir la porte et le pont-levis, par cette bonne raison que le château n'avait ni pont ni porte.

« Nab, petit Nab! que vais-je faire? s'écria le chevalier déconcerté par la prudence de ses ennemis, qui s'enfermaient si bien chez eux. Il faudrait être oiseau pour entrer dans cette forteresse! ».

Si Nab avait pu parler, il aurait répondu à son maître que le chemin des oiseaux n'était pas le seul et qu'il y avait aussi le chemin des taupes. Mais comme le petit chat noir n'avait pas le don de la parole, il eut recours à sa mimique ordinaire, et il entraîna le chevalier vers un buisson très touffu dans lequel l'intelligente petite bête s'enfonça et disparut.

« Un souterrain! » s'écria Pécopin.

Il mit pied à terre et s'enfonça à son tour dans le buisson. Sous la racine des arbustes se trouvait en effet une ouverture; mais si étroite, si étroite qu'on ne pouvait s'y glisser qu'en rampant.

Le bon chevalier se mit à ramper dans cette galerie, qui semblait plutôt faite pour des belettes que pour des hommes.

Tout en marchant sur les mains et les genoux, il avait soin de tenir constamment son épée nue, la pointe en avant. Nab, d'ailleurs, le précédait.

Après avoir rampé pendant très longtemps dans ce souterrain, qui passait sous le fossé et sous les murs de la forteresse, le chevalier aperçut enfin un petit rayon de lumière à l'extrémité du boyau. Cette clarté le réconforta, car il commençait à trouver la promenade pénible.

Nab arriva le premier à la sortie du souterrain.

Il s'arrêta un moment avant de mettre le museau dehors;

puis, brusquement, comme une flèche, il s'élança hors du terrier.

Bien lui prit d'avoir agi de la sorte : car à peine eut-il paru qu'une épée large comme la main, effilée comme un rasoir et pesante comme une montagne, rasa l'orifice du souterrain et s'abattit à la place que le petit chat venait de quitter.

Le coup avait été si rudement porté que l'épée s'enfonça dans la pierre et y demeura un moment immobilisée.

Pécopin en profita pour imiter Nab.

Bondissant à son tour par-dessus l'arme du défenseur du château, il se trouva debout et armé, dans la cour d'honneur, en présence d'un géant qui grinçait des dents de colère.

« A nous deux ! » fit Pécopin.

Le géant, ayant réussi à retirer son épée, croisa le fer avec le bon chevalier, qui n'allait pas à la hauteur de sa botte.

Tout autre que Pécopin se serait cru mort à sa place ; mais Pécopin pensa à la belle Aude qui dormait toujours dans le château de la Neuville-en-Hez, et il se sentit de force à se mesurer avec son monstrueux ennemi.

Dire les coups qui furent portés de part et d'autre serait trop long. Pendant une demi-heure, l'acier choqua l'acier.

Pécopin eut son casque brisé dans ce duel inégal.

Quant au géant, il était trop grand pour pouvoir être blessé à la tête ; mais il eut bientôt les mollets lardés de mille coups, tant

et si bien que, ne pouvant plus se tenir sur ses jambes, il se mit à genoux.

Il se battait en furieux, poussant des cris affreux, donnant des coups d'estoc et de taille à démolir des armées.

Pécopin, très adroit, parait constamment ces attaques. Enfin, saisissant le moment où son adversaire venait de se décou-

vrir, il sauta sur lui, grimpa jusqu'à sa ceinture et lui enfonça son épée dans le cœur.

La cour du château était déserte.

Personne n'apparaissait aux fenêtres.

Le bon chevalier n'hésita pas à se diriger vers l'escalier d'honneur avec Nab, qui manifestait sa joie à sa manière en se frottant contre les jambes de son maître.

Mais le cadavre du géant vaincu était si long, si long, qu'il encombrait la cour du chateau et qu'il barrait le passage.

Pécopin fut forcé d'escalader le bras du mort, un bras qui mesurait deux mètres d'épaisseur.

Nab fit de son coté un bond formidable par-dessus cet obstacle.

Après avoir ainsi triomphé de cette difficulté, Pécopin et son chat

se trouvèrent en présence d'un admirable escalier dont les marches étaient en marbre plus blanc que la neige.

Au haut de l'escalier s'ouvrait un vestibule sur lequel donnaient plusieurs portes.

« Laquelle prendre ? » se demanda le chevalier.

Nab le tira bien vite d'embarras en allant gratter à la porte de droite qui s'ouvrit toute seule.

Pécopin traversa une longue enfilade d'appartements somptueusement meublés.

Il y avait des salles entières toutes tapissées de diamants, d'autres de turquoises, d'autres de saphirs, d'autres de perles et de rubis.

Ces trésors ne pouvaient tenter le chevalier. Que lui importait la richesse, à lui qui ne voulait qu'une épée?

Il continua donc sa route jusqu'à une petite porte de fer soigneusement fermée.

« C'est ici sans doute qu'est le trésor, » pensa Pécopin.

Forcer cette porte était impossible. Elle était trop massive et trop épaisse.

Alors le chevalier eut une idée : il attaqua le mur tour à

tour avec la poignée et la pointe de son épée, tant et si bien qu'après une heure de travail il parvint à desceller les gonds.

La porte tomba d'elle-même.

Aussitôt apparut un monstre comme on n'en a jamais vu.

Il avait une tête de lion qui jetait des flammes par la gueule, un corps de serpent avec des ailes et des serres d'aigle.

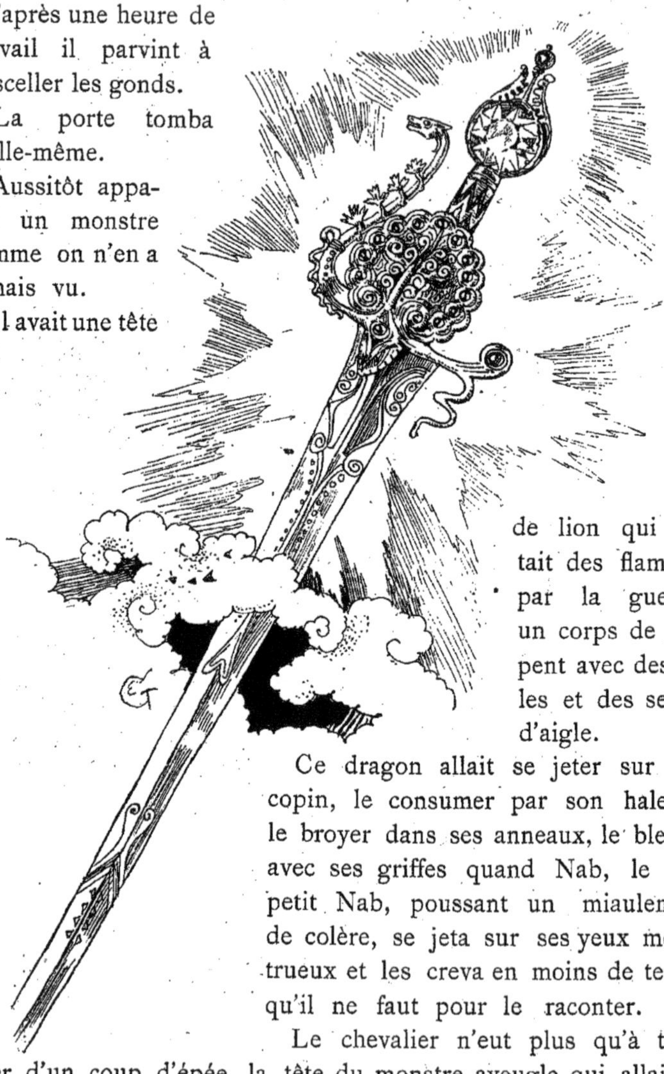

Ce dragon allait se jeter sur Pécopin, le consumer par son haleine, le broyer dans ses anneaux, le blesser avec ses griffes quand Nab, le bon petit Nab, poussant un miaulement de colère, se jeta sur ses yeux monstrueux et les creva en moins de temps qu'il ne faut pour le raconter.

Le chevalier n'eut plus qu'à trancher d'un coup d'épée la tête du monstre aveugle qui allait et venait frappant au hasard et tordant son horrible corps de serpent.

Alors apparut l'épée magique, étendue sur un coussin de velours.

La merveilleuse épée!

Sa lame lançait de tels éclairs qu'on était ébloui rien qu'en la regardant.

Sa poignée était d'or fin et pour pommeau elle avait un diamant gros comme un œuf de poule.

A peine Pécopin eut-il mis la main sur l'épée magique que le château s'évanouit.

Le chevalier se retrouva dans la clairière. Son cheval blanc en l'apercevant accourut près de lui.

Tout heureux d'être si bien sorti de ces cruelles épreuves, le vainqueur embrassa son petit Nab.

« Nab, petit Nab, tu ne me quitteras jamais! »

Ce premier moment d'effusion passé, Pécopin mit l'épée magique dans son fourreau, sauta à cheval, invita Nab à prendre sa place accoutumée et réfléchit un instant.

Il avait mis huit mois pour aller de la Neuville-en-Hez jusqu'au château.

Il n'en avait donc plus que quatre pour trouver le magicien et pour le tuer!

Pécopin se dit qu'il perdrait son temps à chercher son ennemi au hasard et qu'il était bien plus simple, puisqu'il devait venir à jour fixe à la Neuville-en-Hez, d'aller le retrouver là. Seulement le difficile était de faire la route en quatre mois!

A force de voyager, Pécopin avait appris la géographie. Il calcula que puisqu'il était dans la Maugrabie d'Afrique, le chemin le plus court pour regagner la Picardie était l'Espagne. Seulement il fallait franchir la mer.

« Bah! dit Pécopin, essayons toujours. »

Et piquant des deux, il s'enfonça dans le désert, afin que son cheval prît assez d'élan.

Quand il crut s'être suffisamment éloigné, il fit faire volte face à son coursier et le lança dans un tel galop que rien ne pouvait plus l'arrêter.

Le fait est que le vaillant cheval blanc arrivé au cap Spartel

s'enleva tant et si bien qu'il sauta le détroit et retomba sur la côte de Gibraltar. — Tout juste par exemple. Un pouce de moins, et cheval et cavaliers (Nab compris) se noyaient dans la mer.

III

Douze mois pleins s'étaient écoulés depuis la première visite du sorcier noir à la Tour du Diable.

Le jour qui suivit, au matin, la belle Aude se réveilla :
« J'ai bien dormi, » dit-elle.
Puis, rougissante, elle ajouta.

« Et quels beaux rêves! Pécopin, tu étais près de moi! »

Comme elle disait ces mots, le comte entra.

Il avait des larmes dans les yeux.

La joie de retrouver sa fille souriante et éveillée ne parvint pas à faire disparaître sa tristesse. Au contraire, ses sanglots redoublèrent en la voyant si belle et si épanouie.

« Ah! ma fille! ma fille! s'écria-t-il, ma pauvre enfant! »

Et il lui conta tout ce qui s'était passé: le serment qu'il avait fait, la venue du sorcier noir, le départ de Pécopin et le mariage monstrueux qui la menaçait.

« Voici le terme fixé par le Sarrasin, dit-il enfin. Et Pécopin n'est pas revenu.

— Hélas! hélas! dit la belle Aude, dont les yeux se mouillèrent de pleurs, pourquoi me suis-je réveillée? J'étais si heureuse en dormant! »

A ce moment le garde qui veillait dans la logette sonna

de la trompe. A ce bruit, le comte et sa fille tressaillirent. Si c'était Pécopin! »

Hélas! ce n'était pas Pécopin, c'était le noir Sarrasin, plus noir que jamais. Il arrivait suivi d'un cortège merveilleux. Six-vingts fifres et tambours musi-

quaient en tête et menaient grand tapage.

Un porte-étendard faisait flotter dans les airs un drapeau de drap d'or sur lequel se détachait le croissant d'argent, symbole des infidèles.

Puis venait l'Enchanteur lui-même, assis sur un trône tout en pierreries que portait un éléphant blanc comme l'ivoire.

Loin d'embellir le maître somptueux de cet équipage, toutes ces richesses le faisaient paraître plus affreux encore, avec sa figure de diable noir, sa barbe hirsute, ses gros yeux et son vilain nez.

Cependant, derrière lui, s'échelonnait toute une armée de pages habillés de brocatelle rouge, de cuisiniers portant la veste et le tablier de satin blanc, de cavaliers couverts d'armures étincelantes.

Et tous ces gens défilaient en si bel ordre que c'était une merveille.

Mais la belle Aude ne goûtait pas la splendeur de ce spectacle.

De toutes ces choses elle ne voyait qu'une chose, de tous ces gens elle ne voyait qu'un homme et cet homme lui faisait horreur.

« Père, dit-elle au comte, petit père, jamais je n'épouserai ce vilain Sarrasin. S'il le faut absolument, j'irai jusqu'à l'autel; mais quand viendra le moment de dire « oui », je sens que je mourrai. Gagnons donc du temps le plus possible. Qui sait ce que peut nous apporter une heure conquise? »

Et en elle-même elle pensait :

« Pendant cette heure, Pécopin peut revenir. »

Sur ces entrefaites l'Enchanteur entra dans le château.

Voyant qu'on ne se précipitait pas au-devant de lui, que la belle Aude n'était pas accourue sur le perron pour le saluer d'un gracieux sourire, le Sarrasin fronça ses sourcils terriblement.

Sans perdre un instant, il sauta en bas de son palanquin, gravit les marches de marbre et pénétra dans les appartements.

Bousculant les valets consternés, il continua sa marche jusqu'à la chambre où se trouvaient le comte et sa fille plus pâle qu'un lys blanc.

En le voyant, la belle Aude faillit s'évanouir. Elle fut forcée

de se soutenir en s'accrochant aux tapisseries pour ne pas tomber à la renverse.

« Comte, dit l'Enchanteur d'une voix tonnante, je viens te rappeler le serment que tu as fait sur le tombeau de ton Seigneur Dieu. Le délai que je t'avais généreusement accordé est écoulé. Je viens chercher ta fille. Livre-la moi. »

Le comte fondit en larmes.

« Seigneur, dit-il, regardez mon enfant, voyez sa pâleur et son désarroi. Que ferez-vous d'elle si je vous la donne? Vous voyez bien que je ne puis vous donner son cœur, qui est le meilleur d'elle-même.

— J'attends ! » répondit l'Enchanteur avec un accent qui prouvait que toutes ces raisons ne le touchaient pas.

Alors Aude intervint.

S'efforçant de sourire:

« Je veux bien vous suivre, dit-elle; mais je ne suis pas prête. Je ne peux pas sortir avec cette toilette qui date d'un an et qui ne doit plus être à la mode. Je viens seulement de me réveiller. Laissez-moi le temps de m'habiller.

— Je vous donne cinq minutes, fit l'Enchanteur qui voulut être gracieux.

— Alors retirez vous un moment, dit la belle Aude. Je ne saurais m'habiller devant vous. »

Le Sarrasin fit quelques difficultés ; mais enfin il céda et sortit de la chambre.

Dès qu'elle fut seule, Aude fondit en larmes.

« O mon Pécopin ! mon Pécopin ! vas-tu donc me laisser mourir ?

Elle pleurait encore quand la voix de l'Enchanteur la surprit douloureusement.

A travers la porte, il criait :

« Les cinq minutes sont écoulées. Êtes-vous prête ?

— Pas tout à fait, répondit-elle. Il me reste à passer ma robe. Accordez-moi encore cinq secondes !

— Je vous les accorde. »

Alors elle commença sa toilette, cette toilette de mariée que les jeunes filles font si gaiement d'ordinaire.

Mais elle était bien triste en mettant sa robe blanche.

La grosse voix du sorcier noir se fit entendre de nouveau :

« Les cinq secondes sont écoulées, êtes-vous prête ?

— Pas encore, répondit-elle en tremblant. Je cherche un bijou que je ne trouve pas. Accordez-moi un tout petit moment.

— Je vous l'accorde. »

Elle se coiffa rapidement, et jeta sur son front le voile virginal.

« Le petit moment est écoulé, tonna la grosse voix, et je suis las d'attendre. »

L'Enchanteur ouvrit la porte en disant ces mots.

En voyant la belle Aude parée et glorieuse dans son beau costume de brocatelle blanche, il ne put retenir un cri d'admiration.

Aude profita aussitôt de l'avantage que lui donnait l'attitude de son tyran.

Joignant les mains :

« Vous ne comptez pas m'emmener dans votre pays, demanda-t-elle.

— Si, répondit-il durement. Nous allons partir tout de suite pour mon palais de Bagdad.

— Partir! tout de suite! »

La pauvre enfant tremblait d'effroi et de douleur.

« J'ai assez attendu, dit l'Enchanteur. Il est temps de se mettre en route. »

Aude se jeta dans les bras de son père et l'embrassa, prolongeant ses caresses et les multipliant.

Mais la pauvre petite avait beau gagner ainsi des secondes, Pécopin n'arrivait pas.

Force lui fut de quitter l'appartement. En descendant l'escalier d'honneur, elle prit à dessein son pied dans sa robe et la déchira légèrement.

« Je ne peux pas partir ainsi, dit-elle, donnez à mes femmes le temps de réparer cet accident.

— Non, fit brutalement le Sarrasin.

— Mais...

— J'ai dit non! »

Il avait dit « non ». Il n'y avait pas à répliquer.

Aude suivit donc son tyran et monta dans le palanquin tout

garni de perles fines qui l'attendait dans la cour d'honneur.

Sur l'ordre de l'Enchanteur, le cortège se mit en marche.

« Mon père ! mon père ! » cria encore une fois la pauvre petite.

Et tout bas elle ajouta :

« Pécopin, mon doux Pécopin, où es-tu ? »

Le cortège nuptial était déjà sorti du château quand un nuage de poussière s'éleva à l'horizon.

Puis, peu à peu, le nuage grossit, grossit, et l'on vit apparaître un petit point noir qui grossit à son tour. En quelques secondes ce point noir devint un cavalier.

Jamais cheval n'avait couru plus vite que le sien ; jamais cavalier n'avait mené un aussi furieux galop.

L'Enchanteur noir, qui s'y connaissait, admirait cette course vertigineuse.

Son admiration cessa subitement, par exemple, et se changea en colère, quand il vit le cavalier se jeter au milieu de ses six-vingts fifres et tambours et les mettre en marmelade en un tour de main.

« Quel est l'insolent...? » s'écria-t-il.

Une voix de femme, un cri parti du cœur de la belle Aude, le renseigna aussitôt.

« Pécopin, mon Pécopin, te voilà donc revenu? Sauve-moi, je t'aime !

— Ah ! vous l'aimez, tonna l'Enchanteur. Eh bien, madame, vous l'allez voir tomber sous vos yeux.

— Vilain sorcier, je te défie, » s'écria à son tour Pécopin, en tirant du fourreau l'épée magique qui scintillait de mille éclairs.

En voyant flamboyer cette épée dans les mains de Pécopin, le sorcier se troubla.

Cependant il fit bonne contenance et croisa sa lame contre celle du chevalier.

Le duel fut rude et long.

Plus d'une fois, Aude trembla pour celui qu'elle aimait.

Mais enfin, un dernier coup porté par Pécopin étendit raide mort le terrible enchanteur sarrasin.

Aussitôt, un grand bruit pareil à celui du tonnerre se fit

entendre dans les airs ; tout le cortège du sorcier s'évanouit en fumée.

Au milieu de ces phénomènes, Pécopin indifférent à tout ce qui n'était pas son amour, se jeta aux pieds de sa bien-aimée.

« Aude, belle Aude, je t'aime, murmura-t-il. Puisque te voilà toute blanche et parée, suis-moi à l'autel.

— Je t'aime, fit la belle Aude pour toute réponse.

— Et maintenant, ajouta Pécopin, laisse-moi te présenter mon compagnon, mon sauveur et mon ami le petit Nab. »

Le chevalier cherchait des yeux le petit chat noir; mais il ne le trouvait pas. A sa place, il aperçut un beau petit prince qui lui souriait.

— C'est moi qui étais le petit Nab, dit le prince au chevalier. L'Enchanteur noir m'avait métamorphosé de la sorte. Et tenez,

ajouta-t-il, voici la princesse Charmante qui avait été métamorphosée en bonne vieille. C'est elle que vous avez secourue un jour dans la forêt. En tuant aujourd'hui le Sarrasin, vous avez détruit ses enchantements, vous nous avez rendu notre première forme.

Aude, Pécopin et le comte se réjouirent fort de ce dénouement imprévu.

Le double mariage de Pécopin et de sa blonde amie, du

prince et de la princesse, fut célébré peu après dans la chapelle du château.

Tous quatre vécurent heureux. Et l'on m'a dit qu'ils avaient eu beaucoup d'enfants.

SAINT-JUIRS.

www.ingramcontent.com/pod-product-compliance
Ingram Content Group UK Ltd.
Pitfield, Milton Keynes, MK11 3LW, UK
UKHW022136190726
13855UKWH00003B/1161

9 782013 27428